ESCURO

Ana Luísa Amaral
ESCURO

ILUMINURAS

Copyright © 2014
Ana Luísa Amaral e Porto Editora S.A.

Copyright © 2015 desta edição
Editora Iluminuras Ltda.

Capa
Eder Cardoso / Iluminuras
sobre *O guardião*, desenho de William Blake para o frontispício de *Jerusalém*, 1804.

Revisão
Jane Pessoa

CIP - BRASIL. CATALOGAÇÃO NA FONTE
SINDICATO NACIONAL DE EDITORES DE LIVROS, RJ

A512e

    Amaral, Ana Luísa, 1956-
        Escuro / Ana Luísa Amaral. - 1. ed. - São Paulo : Iluminuras, 2015.
    80 p. ; 23 cm.

        ISBN 978-85-7321-481-9

        1 Poesia portuguesa. I. Título.

15-25009   CDD: 869.1
                                                          CDU: 821.134.3-1

2015
EDITORA ILUMINURAS LTDA.
Rua Inácio Pereira da Rocha, 389
05432-011 - São Paulo - SP - Brasil
Tel. / Fax: 55 11 3031-6161
iluminuras@iluminuras.com.br
www.iluminuras.com.br

ÍNDICE

CLARO-ESCURO

 Das mais puras memórias: ou de lumes, 13
 Entre mitos: ou parábola, 15

POR QUE OUTRA NOITE TROCARAM O MEU ESCURO

 A gênese, 19
 Outras vozes, 23
 O sonho, 27
 O tempo dos dragões e algumas rosas, 29
 No sossego dos frutos, 31
 O promontório, 33
 O drama em gente:, 35
 A cerimônia, 37
 O retrato, 41
 O nevoeiro, 45
 A carta, 47
 Adamastor, 49
 A voz, 51
 Europa (poema 1), 53
 Europa (poema 2), 55
 Geografias, a partir do ar, 57

OUTRA FALA

    Amar em futuro, 61
    O drama em gente: a outra fala, 63

Posfácio
OBSCURA LUZ, 65
    Eduardo Lourenço

Sobre a autora, 77

A Catherine, e à ilha:
a utopia
que é a praia do possível

É em nós que a noite está por onde os objetos são escuros.
Fernando Pessoa, "O mendigo"

sin otra luz y guía
sino la que en el corazón ardía.
Juan de la Cruz, "Noche oscura"

CLARO-ESCURO

DAS MAIS PURAS MEMÓRIAS: OU DE LUMES

Ontem à noite e antes de dormir,
a mais pura alegria

de um céu

no meio do sono a escorregar, solene
a emoção   e a mais pura alegria
de um dia entre criança e quase grande

e era na aldeia,
acordar às seis e meia da manhã,
os olhos nas portadas de madeira, o som
que elas faziam ao abrir, as portadas
num quarto que não era o meu, o cheiro
ausente em nome

mas era um cheiro
entre o mais fresco e a luz
a começar   era o calor do verão,
a mais pura alegria

um céu tão cor de sangue
que ainda hoje, ainda ontem antes de dormir,
as lágrimas me chegam como então, e de repente,
o sol como um incêndio largo
e o cheiro   as cores

Mas era estar ali, de pé, e jovem,
e a morte era tão longe,
e não havia mortos nem o seu desfile,
só os vivos, os risos, o cheiro
a luz

era a vida, e o poder de escolher,
ou assim o parecia:

a cama e as cascatas frescas dos lençóis
macios como estrangeiros chegando a país novo,
ou as portadas   abertas de madeira
e o incêndio   do céu

Foi isto ontem à noite,
este esplendor no escuro e antes de dormir

...

Hoje, os jornais nesta manhã sem sol
falam de coisas tão brutais
e tão acesas, como povos sem nome, sem luz
a amanhecer-lhes cor e tempos,
de mortos não por vidas que passaram,
mas por vidas cortadas   a violência de ser
em cima desta terra   sobre outros mortos
mal lembrados ou nem sequer lembrados

E eu penso onde ela está, onde ela cabe,
essa pura alegria recordada
que me tomou o corredor do sono,
se deitou a meu lado ontem à noite

tomada novamente   tornada movimento,
mercadoria bela para cesta de vime   muito belo,
como belo era o céu daquele dia

Onde cabe a alegria recordada
em frente do incêndio que vi ontem de noite?
onde as cores da alegria?   o seu corte tão nítido
como se fosse alimentado a átomo
explodindo

como fazer de tempo? como fingir o tempo?

...

E todavia   os tempos   coabitam
E o mesmo   corredor dá-lhes espaço
e lume

ENTRE MITOS: OU PARÁBOLA

Não sabiam,
os que viviam felizes nas margens do Nilo,
da chegada daqueles que os haviam de reduzir a quase escombros,
nem dos que mais tarde lhes haviam de roubar terras e ideias
e saquear a beleza das pedras em perfeito equilíbrio,
e noite e luz perfeita,

à procura das joias e do ouro e de um conhecimento
que não lhes pertencia.

Não sabiam,
porque viviam no centro do seu tempo,
e o centro do tempo não sabe nunca o que lhe irá ser percurso,
como um rio que corre não conhece a sua foz,
só as margens por que passa e o iluminam, ou ensombram.

E ainda que nas margens do Nilo
não habitassem só os que muito possuíam,
mas também aqueles que pouco tinham de sustento e teto,
unia-os a todos essa crença de uma paz futura,
de atravessar outras margens e encontrar paz.

Não sabiam o que vinha,
nem ao que vinha a sua história, como não sabem nada
os humanos que habitam este antigo sol azul.

Mas haviam de ter pressentido esse final,
e a alegria dos ciclos e dos aluviões
deve ter sido acompanhada de angústia pela chegada dos exércitos
que lhes prometiam mais bem-estar e mais paz,
dizendo-lhes que para haver paz e bem-estar eram precisas
alianças e o abandono de crenças e uma história nova
a dizer-se mais útil.

Muito mais tarde,
deles ficaria uma memória a servir livros e mitos,
e o rumor do deserto,
e as perfeitas construções de pedra resistente,
e a sua escrita, bela e útil, que demorou anos a decifrar.

E muito disto não ficou na sua terra, às margens do Nilo,
mas foi roubado, e viajou em navios, por mares diferentes,
até museus e praças de outras cores
onde ganharia outros cheiros e outros sentidos.
Sempre assim parece ter acontecido
com o tempo e a história.
Sempre assim parece acontecer.

A não ser que uma esfinge se revolte
e ganhe voo, como a esfinge de um outro povo,
não às margens do Nilo, mas de um mar
povoado de mitos e pequenas ilhas.

Também não sabe, essa esfinge resguardada em Delfos,
de como irá ser o futuro das coisas e do tempo,
mas sabe da chegada dos que, em nome de um equilíbrio novo,
dizem poder salvar os tempos.

Talvez lhe sejam de auxílio o corpo de leão
e, levantadas, as asas.

E o enigma,
que pouco importa aos donos do equilíbrio,
mas que dizem ser a fonte da poesia.
E é a fonte de onde a carne desperta,
nas margens do humano.

POR QUE OUTRA NOITE
TROCARAM O MEU ESCURO

A GÊNESE

A cobiça dos poderosos sempre se estendeu,
como polvo cego, pelo tempo e através de solos vários.
Dela nunca fez parte a luz.
Não será menor do que a cobiça
a sede dos mais pequenos por moedas,
maneiras de cobrir o frio que a fome traz.
Juntas — tem-se o escuro
da alma

Por isso, e juntos, embarcaram.
Os que, já muito possuindo,
mais posses desejavam,
e os que, nada guardando, nem sequer a honra
(pois esta: uma palavra oca no seu mundo),
sonhavam de noite com um pedaço de terra a que chamar seu,
riquezas prometidas

O que se disse sonho
foi cobiça e desejo
transportados em milhares de tentáculos brancos.
Com eles se cultivaram ideias
e horizontes a perder de olhar

Gratos ficaram os olhos das araras,
que nunca haviam visto corpos de gente
envoltos em tal brilho.
Gratos ficaram os bichos de olhos perfurantes na noite,
os de pelo raso e garras afiadas,
pelo presente inesperado, feito de carne e ossos,
que por vezes receberam
Gratos foram ainda os animais dos leitos salgados,
que usaram muitas vezes esses corpos
para os seus pastos.

Foi, porém, na gênese das coisas
que isto aconteceu.
A mesma gênese que viu os toques a fazerem-se,
a gentileza súbita, o deslumbramento

Mais tarde, a gratidão deixou de ser praticada,
tal como Deus — crença, nome, palavra dita e escrita,
mas sem semente em solo novo.
Em vez dela, os ombros curvados, as doenças,
os olhos das araras perfurados,
como os do velho rei ou do conde velho
de outras histórias

Só o apetite dos animais dos leitos salgados e das florestas
não esmoreceu, nem deixou,
durante muito tempo,
de ser de vez em quando satisfeito

Elas choravam, dos dois lados do mar,
pelos que partiam e pelos que não estavam a seu lado,
ou ainda pelos que com elas estavam,
por serem demasiado meninos.
Porque esses, indo crescer,
haveriam também de partir

Agradeciam quando eram os filhos das outras a morrer,
não os delas, mesmo que os filhos das outras
tivessem sido assassinados pelos seus próprios filhos.
Falando entre si
de como a história lhes era ramo despegado,
protegiam-nos com fúria nos seus corações

Podiam, por isso,
as senhoras dos poderosos e as mulheres dos mais pequenos
entender, separadas mas juntas,
que tudo era como um jogo de crianças,
como um pião rodado entre os dedos,
e que, calhando onde calhasse,
resultava na morte ou na vida

Como um arco lançado pela calçada,
rumo ao porto, precipitando-se nas águas

Nesses sítios onde habitavam sereias e monstros marinhos,
aí imaginavam-nos elas.
E nada podiam por eles fazer,
que o passado lhes era interdito
— quanto mais o presente, ou o futuro

O único consolo era julgarem
que a casa dos monstros marinhos,
seres sem cabeça capazes de devorar cabras inteiras,
fechava as suas janelas aos lobisomens.
Pelo menos, dos lobisomens
elas pensavam-nos a salvo

Porque não lhes conheciam
a alma —

OUTRAS VOZES

Fechar os olhos e por dentro ecoar em passado.
Pensar "podia ter outra cor de pele, outra pelagem"
E o tempo virar-se do avesso, e entrar-se ali,
em vórtice, pelo tempo dentro.
Escolher

Trazer cota de malha e de salitre,
ter chorado quando o porto ao longe se afastara,
milhares de milhas antes,
meses em sobressalto para trás

As febres e tremuras durante a travessia,
a água amarga, as noites
carregadas de estrelas,
junto ao balanço do navio, um astrolábio

Numa manhã de sol, do porto de vigia,
ver muito ao fundo em doce oval,
a linha quase tão longínqua como constelação.
Gritar "terra", gritar aos companheiros
ao fundo do navio, do fundo dos pulmões gritar,
e o bote depois, os remos largos,
a cama de areia e o arvoredo.

Ou trazer na cabeça penas coloridas,
conhecer só a fundo a areia branca
e o mar sem fundo, peixes pescados ao sabor dos dias,
uma língua a servir de subir a palmeiras,
a servir de caçar e contar histórias

Moldar um arpão, começar por um osso
ou pedra ou madeira,
entrelaçar o corpo da madeira, e o afiado da extremidade.
Contemplar devagar o resultado do trabalho
e da espera.
Ou a beleza. Escolher

Trazer o fogo na mão, escondido pela pólvora,
fazer o fogo na orla da floresta.
Os risos das crianças, tocar a areia branca, tocar
a outra pele. Cruel,
o medo, vacilar entre a fome e o medo.
Ou não escolher

As penas coloridas sobre um elmo,
a cota de malha lançada pelo ar como uma seta,
os sons dos pássaros sobre a cabeça,
imitar os seus sons,
num lago de água doce limpar corpo e
pecados de imaginação,
sentir a noite dentro da noite,
a pele junto da pele,
imaginar um sítio sem idade

Trocar o fogo escondido pelo fogo alerta,
o arpão pelo braço que se estende,
gritar "eis-me, vida",
sem ouro ou pratas.
Com a prata moldar um anel
e uma bola de fogo a fingir,
e do fogo desperto fazer uma ponte a estender-se
à palmeira mais alta

Esquecer-se do estandarte no navio,
depois partir da areia branca, nadar até ao navio,
as penas coloridas junto a si,
trazer de novo o estandarte e desmembrá-lo.
Fazer uma vela, enfeitá-la de penas,
derretidos que foram, entretanto,
sob a fogueira alta e várias noites,
elmo e cota de malha

Serão eles a dar firmeza ao suporte da vela,
um barco novo habitado de peixes
brilhantes como estrelas

Não eleger nem mar, nem horizonte.
E embarcar sem mapa até ao fim
do escuro

O SONHO

Vinha de trás,
daquela noite em que escrevera
os seus versos mais belos,
depois de ter reunido os conselheiros próximos
e decidido continuar as sementes
que seu pai havia já plantado

As dunas tinham sido a glosa a romper,
mas, após esses versos,
adormecera sobre a mesa
e sonhara um sonho de mar e marés bonançosas,
cheia de areia branca e arvoredos

No seu sonho não havia outra gente:
só a sua

Munido desse sonho
e da música que ouvira a trovadores,
sempre bem-vindos no seu castelo,
desistira de uma guerra, trocando-a por vilas.
A paz fora firmada,
como as canções que ouvia
e que falavam também de paz

De muito lhe serviu sua mulher,
de flores lendárias no regaço e serventia boa,
como eram então de boa ou má serventia as mulheres,
que em silêncio acompanhavam os homens,
fossem eles pequenos ou poderosos

No sonho, sonhara elmos e cotas de malha,
roupagens de guerra ainda desconhecidas no seu tempo,
mas que de serventia de guerra nada tinham:
só belas e brilhantes

Vira-os, aos da sua gente,
alguns com barba longa e olhos claros,
chegar em botes ao mar de areia branca

Os botes tinham sido descidos de navios esguios,
as suas velas como lenços de cabeça de mulher,
mas imensos e brancos,
desenhados a cruzes

E os navios do seu sonho
dariam nome a animais delicados
parecidos com nenúfares,
que vogavam à superfície das águas

Ele vira os olhos da sua gente cheios da cor,
e do céu, e da água transparente dessas praias
Mas nunca vira no seu sonho
outra gente que não fosse a sua

Disse quem veio muito depois dele,
em seta pelo tempo,
que os ramos dos pinheiros e o cheiro a resina
entraram na feitura desses navios,
mas que era feito de carvalho
o tabuado do seu casco

Porém, ele acreditava, porque o sonhara,
que as formas esbeltas e doces
vogando à superfície das águas
levavam no futuro a sua gente
e vinham das sementes pensadas nessa noite

E, como os quase nenúfares azuis,
elas seguiam a sede da conquista.
Para a frente e na esteira
dos seus mais belos versos

O TEMPO DOS DRAGÕES
E ALGUMAS ROSAS

Era naquele tempo
o tempo dos dragões,
mas eu não vi dragões:

Só um homem sozinho,
firmando paz e versos,
fazendo das agulhas de pinheiro
agulhas de mudar o rumo
aos tempos

E eu estava ali, de lado,
num tempo de outro tempo,
e sem saber aonde me encontrava,
e tudo o que de mim podia
eram só rosas

Dizem ter sido assim,
e foi assim
o meu destino em lenda,
as frases levantadas pela história,
campânulas de voz

Inventavam-me então
naquele tempo,
recortada em milagre,
e só de rosas era o meu futuro

Equidistante das rosas
e do pão,
podia ser o pão o mantimento,
o estar dentro de um espaço de verdade,
se tal mo permitissem

Mas o caminho
que de mim traçaram
foi um leito de flores e de virtude,
e eu estava ao lado,
o peso das agulhas de pinheiro
rasgando a minha carne

Venceu-me o tempo
e o mar que ele inventou

O resto: só perfume,
o cheiro dos milagres
apodrecendo sem direito a lume
que fosse a redimir

Adocicado à luz
de escuridão —

NO SOSSEGO DOS FRUTOS

Olhavam o Tejo,
enquanto cavalgavam, lado a lado.
Ela, a que fora jurada ao jovem príncipe,
a outra, a sua aia
e sua confidente

Tinham patas macias,
os cavalos,
ou então era o chão que, de tão arenoso,
amaciava o eco de cascos e de passos

E a conversa era água,
e estendia-se ali,
e a língua que falavam
era feita de música macia,
de notas tão macias
como a do jovem príncipe

E em certos tons,
iguais

Dessa música em voz
amores maiores haviam de nascer
(diria o mito)

O que era aquém do mito:
estarem ali, a aia e a prometida,
duas mulheres falando do mais desconhecido:
as intrigas da corte que viria,
o tempo como o rio que as aguardava,
como as pedras agrestes do palácio:
cascos duros e frios

Daquela, a mais cuidada no dever,
pouco se adornaria,
nem dos trajes do mito

A outra seria o sonho
a condensar-se,
igual ao nevoeiro que subia do Tejo,
à medida dos passos dos cavalos

E não sabia a história
que a memória viria a golpes e punhais,
e histórias mais sombrias
de salões largos iluminados a velas
e horrores

E alguém que a cantaria
para sempre,
a ela, a desejada

Colocada em sossego
e não olhando o fruto do passado,
era o rio que a prendia,
ainda puro, ainda sossegado

Que o conversar das duas era simples,
e as palavras corriam

Como as águas —

O PROMONTÓRIO

Estou agora de pé,
em frente ao promontório, dizem,
porque se habituaram a ver-me lá

Não tenho bem a certeza de que isso é verdade,
porque o tempo aqui chegou em elipse de luz
e eu não sei para onde me levou,
por onde andei, por que paragens

As areias brancas
chegaram-me pelas vozes dos outros,
meus escudeiros, meus amigos,
marinheiros que encontrei
e me trouxeram novas de lugares
com flores coloridas do tamanho de mãos
e árvores imensas

Há quem diga que dormi
com alguns desses amigos,
encostado aos seus corpos, no frio da noite.
Mas não tenho a certeza de nada,
aqui onde me encontro.
Olho ao longe os navios,
mas não me dizem nada

Houve quem sobre mim falasse
como de um homem encostado
a uma insuportável solidão,
sagrado no desvendar de espumas,
mas esse parece-me distante
do que de mim recordo

Os meus irmãos levaram-me a lutar,
e eu lutei, singrado pelo fervor dos tempos que vivi.
Mas já não sei se era a luta
ou o fervor o que mais contava

Fui pasto longo para história de livros,
mas a minha história só eu a devia saber.
E havia de contá-la aqui,
se me livrasse desta elipse de luz
e conseguisse alcançar-me outra vez no meu tempo, comigo.
A sós comigo

Alimentei muitos sonhos,
maiores do que aqueles que sonhei
nas noites que a minha memória vislumbra.
Séculos que passaram sobre mim
disseram-me depois junto do mundo.
Mas o mundo era pequeno no meu tempo,
assim o imagino

Como podem, pois,
os que depois de mim vieram
julgar-me assim, e ao meu mundo?

Com toda a certeza,
sei somente de mim aquilo que me sonharam.
E que este promontório só existe comigo
porque ali me puseram, de frente para ele

E eu queria tanto estar-lhe de costas,
poder dormir e mergulhar
no escuro

O DRAMA EM GENTE:

Fingiram todos,
todos me fingiram
e em tradição me deram
fingimento

É certo que eram outros
tempos outros,
em que ser muitos
era coisa ausente

Mas todos me fingiram
e ensinaram
que o comboio de corda
pode ser
de corda a sério,

não de coração

Também eu tive,
embora em outra esfera,
outras noites de verão

Nada lhes devo
e em tudo, embora,
devedor lhes sou

Que os séculos agora
lhes deem o sossego

ou deem nada —

Ou nem que seja
a dor do universo,
como a dor de cabeça

infinita, silente,
de que padeço para sempre
e desde

que eles vieram
visitar-me os sonhos

A CERIMÔNIA

Sagrei-os, aos meus filhos

Fiz o que era esperado de mim,
mas a minha lembrança era do avesso,
para o futuro,
e estava toda nas rosas
que o tempo haveria de trazer,
em forma das guerras do meu país

Dessas guerras me lembro,
mas nunca cheguei a ver a guerra
que a ambição e os sonhos lhes doaram

Sagrei-os na minha mente,
antecipando o gesto de outra
que teria o meu nome

Nesse dia, de manhã cedo,
era ainda escuro, e no quarto,
mesmo descerradas as cortinas,
quase não entrava a luz

As aias ajudaram-me a vestir, e eu,
como sempre acontecia depois de acordar
e enquanto não chegavam as horas do dever,
lembrei-me do meu pai, do meu país,
dos seus campos muito verdes atravessados
por rebanhos, da chuva do meu país,
tão contínua como as minhas saudades

Quando acabei as recordações
e o choro de silêncio,
chamei-os na minha mente

A todos ofereci prendas

Ao primeiro dei um cetro
enfeitado de papel e de palavras,
ao segundo, uma espada de aço brilhante,
ao terceiro, o gosto pelo mundo,
e ao último, contei-lhe o caminho
de água verde e espuma alta
por onde eu tinha chegado;
mostrei-lhe o mar,
ao longo das muitas tardes
em que eu própria sonhava
com as margens que havia deixado
para trás

Se pudesse sentar-me novamente
junto àquela janela,
a espada brilhante que dei a esse meu segundo filho
tê-la-ia transformado em arado,
ou em pequena lamparina,
porque, ao dar-lhe a espada,
dei-lhe também o resto de matar e de morrer

Antes lhe tivesse dito, vezes sem conta,
como é belo o mundo
e poder falar dentro dele.
Ou antes lhe tivesse mostrado só o mar,
como fiz com esse filho
junto de quem me cansava
das saudades da minha terra

Uma prenda, porém,
me é boa na memória:
a do papel e das palavras.
Dispensaria o cetro,
mas era ele que segurava palavras e papel

Dessa prenda não me arrependo,
e quase me regozijo um pouco
por aquilo que fiz nessa manhã fria e escura,
em que os chamei aos quatro
para junto da minha mente
e do meu coração

Mas o que fizeram de mim,
naquele dia há tantos anos, quando, quase menina,
me ajudaram a subir para o bote
e depois para o navio
que me haveria de levar a uma terra
que eu não conhecia,
a uma língua que não era a minha língua?

Onde ficaram as minhas tardes
molhadas de chuva?
E a memória que de mim ficou,
porque não fala ela dos meus campos verdes
e das sombras dos rebanhos que os atravessavam?

Porque me nega essa memória
as rosas que, em futuro,
e ditas como guerra,
haveriam de dizimar tanta da minha gente?

Por que outra noite trocaram
o meu escuro?

O RETRATO

Ora esguardae,
escreveu o outro,
quando dele falou nas suas crônicas

Eu digo que se esguardardes demais
pondes o vosso coração em perigo,
porque ficareis a saber
o que talvez não vos seja de interesse,
as verdades que tínheis como certas

Esguardar é considerar,
e eu não sei se deveis considerar verdadeiramente a sua história
ou se não é preferível que vos fiqueis junto aos mitos,
às histórias que se contaram e o fizeram grande,
a ele, que tal não se considerava
depois da morte daquela que amava

Basta olhar para aquele seu retrato
e para a angústia nos seus olhos

Ora esguardae essa angústia
sem esguardardes a história como vos foi contada.
Talvez então o muimento de alva pedra
comece a fazer outro sentido,
e, com ele, os bichos que o povoam:

as caras dos algozes?, as faces
dos tempos que corriam?, cheios de doenças,
de febres, tempos assustados

Esguardae esse retrato:
a sua barba, a mão que ali foi posta a segurar a espada,
a capa, tão vermelha, sobre os ombros

Dele falaram e da sua amada.
Esguardae o seu olhar, cuidadosamente,
e vereis que é um olhar enrouquecido pela loucura.
Pensará nela?

Não são as dobras em relevo
da tinta de óleo do retrato
que poderão dar-vos a resposta.
Só a memória dessas dobras e da tinta espessa
saberia dizer-vos se era nela que ele pensava,
mas a essa memória não tendes vós acesso.
Nem às memórias
de quem pintou o retrato,
ido há tanto tempo como o seu modelo

Não sei se eu não terei tido
uma pequena entrada nessas memórias,
eu, seu escudeiro, que o servi
e ouvi tantas vezes os gritos entre ele e seu pai.
Eu, que vi, replicados em espelho,
amores seus iguais ao primeiro amor,
e de como desejou erguer noutros lugares
túmulos tão belos como aquele que erguera
em honra da morte, branco e belo.

É o primeiro amor o mais gentil,
o melhor sempre?

Como dizer do ponto central da paixão,
quando mente e corpo,
recuados antes e protegidos pelo terror da perda,
se deixam enfim conquistar?
Teria o pintor pensado nisto
no instante em que prendeu aquele olhar?

Entrei várias vezes na sala,
levando vinho e bolos,
mas o pintor estava sempre de costas para mim.
E eu pousava a bandeja na mesa
e afastava-me, sem uma palavra

Nunca me chamou para junto de si, o meu senhor,
nos dias em que posou para o retrato.
Nem nunca teve comigo confidências
sobre aquela que perdera,
por obra de seu pai

Mas eu, porque o servia todas as manhãs
e o acompanhei durante tanto tempo, e à sua dor,
eu conhecia-lhe os tons,
as paletas de cor por detrás da íris dos olhos,
as formas mutantes
conforme as jardas de sofrimento

E juro que o pintor
soube resguardar o seu olhar

Como se fôsseis presente,
podeis agora esguardá-lo

E meditar sobre ele

O NEVOEIRO

Comecei a formar-me
a partir do mito

Sabia-me água
condensada entre o mar e o céu,
mas pouco mais me sabia,
até ouvir dizer, muito em baixo e ao fundo,
sobre a sua vinda

Aprendi-lhes as palavras
e a ler o que diziam:
que ele desaparecera junto a longa batalha,
abandonando o galgo
que lhe era companheiro

E mais diziam:
que, com ele, entre a fé cega e o sonho,
haviam ido também
os de olhos mais de luz

Muito mais tarde havia eu de ouvir
que esses de olhos de luz
pertenciam aos que não tinham nunca
lutado pelo pão ou uma terra sua,
e que ser de mais luz, de ter mais sonhos,
vive na proporção das moedas
que povoam os bolsos

Não me viam, os seus olhos cegos,
entre o ardor e o rugir da batalha

E eu soube sempre,
mesmo quando era só água em finíssimos átomos,
espalhada pelo céu e rente ao mar,

que ser tão poderoso ou menos poderoso:
uma deslocação de ar
sem peso que contasse

Nunca o vi, a ele,
antes de me ver eu feito nevoeiro,
e ele continua a ser-me
leve sombra sem corpo

Formei-me a partir de uma península,
e fui avançando devagar,
cobrindo tudo,
ano após ano,
século após século,
com ele atravessando-me o corpo,
o seu corpo e o meu sem formas definidas

Se eu não existisse,
ele não existia,
e ainda hoje, de vez em quando,
se ouve dele falar,
com outras formas, outros nomes,
um ser vindo de outras paragens

Era preciso o brilho de um farol
de linhas sólidas e unidas
para que eu desaparecesse
para sempre do mito

Mas o farol não há,
e eu habito entre tempos,
aprisionado a elipses de tempo,
e a ele,
os dois presos à história

Se ao menos esse galgo que ele amava
nos guiasse, por fim,
como fio ou farol,
para dentro do tempo

E eu voltasse a ser nuvem,
e ele, só imagem —

A CARTA

Senhores:
hão de a dor e a ausência ter sabor,
um certo cheiro doce e demorado,
em forma de mil olhos

Pois vós olhastes essa minha ausência,
dissestes que dali criei palavras,
mas não por minha mão

Na vossa história, senhores,
eu fui só voz,
em vez de gente inteira

Inteira, nunca o fui,
dobrada ao meio pelo escuro das vestes,
pelas juras forçadas que cumpri,
pelo dever que me ditou meu pai

Porém, fui eu que as fiz, às letras dessas cartas,
eu, que as fui construindo devagar,
na escuridão da cela

O resto foi roubado por vós
e noutra língua,
e em mitos que vos eram
necessários

Não fui só voz:
fui eu, dona de mim,
porque as letras me foram, e o amor,
e o ódio vagaroso

Só para isso me valeu viver,
para compor, igual a sinfonia,
tudo o que considerei

Ele foi só palavras que em palavras forjei,
bigorna onde moldei espadas e lanças,
o lume necessário

Só não moldei
as grades da prisão onde vivi:
essas, moldastes vós
até incandescência

Mas eu, nas letras que compus,
eu inventei a ausência como mais ninguém.
Eu fui a mão da ausência
numa cela escura

E os atos dele foram-me as metáforas,
imagens a seguir-me, mais fortes
do que a vida.
Por isso me chamastes, senhores,
no vosso tempo, uma palavra nova e ágil:
literatura

E assim eu fui-vos voz,
e doce mito. E nada mais
vos fui

Quero dizer-vos hoje,
neste tempo tão escuro,
mas de um escuro diverso do que tive:
adeus

Deixai-me o escuro, o meu.
Porque ao lado da minha,
a vossa ausência, essa que em mim plantastes,
nada é.
Tomáreis vós saber o que é ausência

Ausência: eu: demorada nestas linhas.
Dizer com quanto escuro
a noite se desfaz
e se constrói —

ADAMASTOR

Havia nesse tempo uma espécie de sol,
E era ao cimo da água,
e eu no fundo do mar

E eu via aquele brilho sem saber que era sol,
só uma linha difusa a clarear
lugares do nunca

Eu habitava a mais funda fundura,
nela resplandecia
a minha escuridão

Feito entre limos, pedra e pesadelo,
eu era o pesadelo,
e não sabia ainda poder ser

o sustento de versos e de sonhos,
de línguas novas
a falar abismos

Inventaram-me ali,
naquele tempo,
nessa espécie de sol

Não chega o toque para dizer corpo,
e o meu era de pedra
a transformar-se

E disseram-me carne,
e eu fiz-me carne,
e disseram-me lama,

e a pedra no meu corpo fez-se lama,
e deram-me cabelos,
boca, olhar

E eu olhei lá do fundo,
da fundura mais funda onde vivia,
e gritei, descoberto,

e nu, e forte,
e ouviu-me
o mar

Mas o que dele rebentou, profundo,
foi a parte de mim
que nada era

A outra, que eu não sei,
por não ter voz,
ficou na escuridão

por inventar —

A VOZ

Confundem-me os degraus destas escadas:
se são de inferno ou céu,
ou porque espero aqui,
se nada me visita, nem me espreita:
só este lenço embainhado
a branco

E tudo em esquecidíssima aquarela,
como eu esquecido estou,
menos em verso —

Se pudessem escutar-me em fio de lume,
se do fundo do tempo
me trouxessem,
e às memórias de mim,
dos que comigo olharam o horror
de ter nascido, para morrerem
nem sequer inteiros —

Se a prenda inteira
que nesse dia a minha mãe me deu
fosse sentida pelas mães a ser
como coisa tão delas
que a dor se adiantasse à dor
do desperdício

Talvez se sossegassem estas vozes,
que me enchem de reparos e de fumos,
e não se calam, não se calam
nunca

E eu saberia enfim como estas malhas
podem ser destecidas
como os tempos,
veria onde me levam os degraus

E deitava-me enfim,
e podia dormir,
além dos versos —

EUROPA (POEMA 1)

É o teu sono
ou o amor de ti
que assim me faz ficar:

ao teu alcance,
mas tu: impossível?

Que monstros te povoam
tão distante de mim?

Se os sonhos o quisessem,
ainda assim os medos
te guardavam

Descoberta,
sentei-me ao teu alcance,
à espera dos teus olhos —

EUROPA (POEMA 2)

Pouco fita a Europa, a não ser mortos
por múltiplos disfarces: química luz,
os lumes tão reais, os nomes amputados
pelos números, mesas de número fartas

Alguma vez fitou? De que roubos e fúrias
lhe foram as paisagens? E ao assomar
defronte à maior arte sua (sinfonias abertas
como nuvens, as cores mais deslumbrantes,

rochas pintadas em soberbas linhas,
os comoventes traços e palavras),
mesmo defronte a si, distante e bela,
que ventos lhe assomaram os cabelos?

Mesmo nesse arrepio novo de um século,
que prenúncios viu ela? Guerras a destruir-lhe
solo e gentes, o brilho azul da lua nas
trincheiras, a mais pura impiedade reluzindo

Não tem olhos agora de fitar, se alguma vez
os teve: perdeu-os noutras guerras.
Resta-lhe debater-se, como golfinho em dor
preso nas redes. Não tem olhos, nem mãos,

nem fita nada, a Europa. Nem cotovelos tem
que possam suportar justiças e bondade.
E mesmo aqui, se para aqui olhasse, nada veria,
a não ser outros gritos. Sem voz. Sem sul.

Sem esfinge que deslumbre.

GEOGRAFIAS, A PARTIR DO AR

Imprecisa equação de variantes:
estas linhas brilhantes e minúsculas,
que ao olhar se desfazem, espiraladas
em luz, enroladas em língua, antigas
como o mundo

Quanto é preciso para harmonizar?
Com quantos movimentos se apaga
comoção e o que lhe é dentro?

Bastaria uma onda, mãos unidas,
músculo em fúria, imenso, que
no meio destas linhas se deslumbrasse.
Assim: mãos, os vários estados
da matéria

Um tigre de neurônio emocionado,
de guarda ao seu irmão —

OUTRA FALA

AMAR EM FUTURO

Se daqui a mil anos — embora o tempo
então, de outra magia — se daqui
a mil anos, entrar num outro mundo
de harmonias e sons, sem corpo
ou passaporte para lado nenhum,
ou seja: patamar versificado em vida

Sem ameaça a ponto mais seguro, a vento
mais ameno, ou então habitar uma pequena
cápsula de luz, espaço sem tempo, re-
desenhado o tempo (mil anos, pelo
menos, e o espaço sem fronteiras, sem
linha de suave colisão, magnética e fugaz)

A paz seria toda nesse mundo. Exceto,
muito ao fundo, em arabesco: branda
placa tectônica. E doce, muito leve e
delicada. Placa sem som nem fúria,
nem ribombar solene de trovão,
mas transbordando gestos que ainda são

da infância. Gestos guardados junto de mil
anos (mil anos, pelo menos), e avançando
neles, encontrar outros, ainda mal suspensos
e em tal sabedoria, sustidos pela voz,
tateados em sons, e luz, e mariposas, como
um cego aprendendo a ler a cor da vida

O branco confundido à cor do mar, quando
tiverem já passado dois mil anos já, e o
manto azul daqueles que morreram tiver
acrescentado mais azul a este chão,
e Andrômeda tiver, refeito o céu e o espaço
sideral, acrescentado a si mais uma estrela

Muito mais vasto o mar do que o esperado,
muito mais próximo do que o encontrado,
conhecer cada rota, cada passo, o ponto mais
exato da paragem que levaria ao sol.
Por horizonte, o rio: a confundir-se em
polo mais avesso com o verde do mar

Bater de coração, em suave arritmia, uma
morada, um barco (que aqui seria a cápsula
de luz), um espaço de magia e microssons,
ou gestos de golfinhos, a língua dos golfinhos
transformada em linguagem de sal,
o leito desse mar que em futuro seria serenado

A paz seria toda. Só a placa movendo-se
tão lenta, ao longo desse tempo, passado já
além de três mil anos. Explosão ou terramoto
a ameaçar —

O DRAMA EM GENTE:
A OUTRA FALA

O lume que as rodeia,
a estas vozes,
não foi feito de sol, embora dele
herdasse um rasto de paisagem,
nem se moldou em luz,
que a noite lhe foi sempre o estado puro

O lume que as sustenta,
a estas vozes,
é mais de dentro, e eu não o sei dizer

Pressinto-o só,
e há fases, como em lua, em que o sinto a chegar:
ondas de mim, tempo herdado em camadas
de espessuras diferentes

Mas sempre deste tempo
é o lume que as prende, a estas vozes,
e ao prendê-las as solta
sobre o tempo —

Posfácio
OBSCURA LUZ

Eduardo Lourenço

Chamam-me o Obscuro, porque o meu destino é o mar.
Saint-John Perse

    Os que conhecem e amam a poesia de Ana Luísa Amaral sabem como ela é uma sutil navegação a céu aberto entre os recifes da realidade. Da mais óbvia "tigela partida", com menos cacos do que há sempre em todos os vasos quebrados, ou filha adormecida e recordada (acordada) pelos "violinos certos de Bartók". Mas também autora do não retrato fulgurante de Sá-Carneiro, que se volve, na sua evocação, "um outro" hiper-realista, fantasmagórico, "delicado e bêbado gênio de nós todos, o que amou estranho". A esse título, a autora de *Minha senhora de quê* é posteridade sossegada do nosso provocante modernismo de seu lirismo, insólita porta aberta para outras maneiras de ser do coração aflito, perdido e salvo nos corais multicolores do mar.
    Num mar, sempre nela de dupla face e leitura: o mar cruel das paixões da vida e dos tormentos da história, e o mar da poesia que reflete o primeiro e o transfigura.
    No seu caso, o oceano da poesia inglesa, de que é familiar, mas também o dos mais memoráveis poetas do Ocidente, de Homero a Camões, tão originalmente revisitados, ou o de Pessoa, tão presente e tão magicamente salvo da sua noite e reenviado à luz de que toda a noite, real ou alegórica, é sombra. E como se não bastasse, as novas musas poéticas da Modernidade, de Emily Dickinson a William Blake, fazem-lhe companhia na sua peregrinação visionária e luminosa.
    Todos estes intercessores da sua viagem, clara como um girassol, ao coração incandescente e obscuro da Vida, Ana Luísa os deixou atrás de si para lembrança nossa em diálogo com eles, nos vários poemas que reuniu num dos livros-chave da nossa poesia contemporânea. É se tentado a dizer — obviamente feminina, se esse óbvio não esquecesse que esse "feminino" de onívoro gênero é também uma nova visão do

mundo da autora que a si mesma se convocou como Senhora de Quê. Não um "quê" puro enigma abstrato ou Esfinge tão mortalmente fixada, mas rosto e feitos de Ariana, a dos labirintos mortais, mais irmã que amante de Teseu, ansiando o encontro monstruoso e libertador do Minotauro.

Ana Luísa é da raça das sibilas e das cassandras, mas também das penélopes fiando às avessas o fio mortal da vida como obscuridade original na esperança de que se volva luz. E mesmo luz eterna.

Esta vocação onírica e mítica, revisitação do imaginário clássico do Ocidente, irmana e distingue a sua aventura poética da outra corrente também a ela paralela da poesia como empresa real de transfiguração da vida épica inaugural da humanidade em modelo dos atos mágicos e utópicos de uma outra criação. Só em segunda instância, a paixão ideológica se insere nela e partilha com o mais radical dos sonhos as suas irreais visões.

Não há mito poético do Ocidente que a sua revisitação não tenha proporcionado à autora de *Escuro* ocasião de uma recriação original, mito grego ou mito cristão, Ariana ou Job, figuras de uma mesma viagem a um Enigma de dupla face, a solar e a noturna. Toda a sua original obra poética podia levar o título de *Memórias revisitadas*, uma outra versão do mítico título proustiano *Em busca do tempo perdido*, não em mera chave sublimemente autobiográfica, mas transtemporal como jogo de todos os tempos: "Em vez de vinte tempos/ de mudança/ queria um tempo/ só meu: revisitado// Um tempo o mesmo/ tempo sempre o mesmo/ polvilhado de salas/ de visita// Um tempo de mudar/ formas às coisas/ às vezes/ abrir portas".

Embora fascinada pelos mistérios na aparência mais profundos que os do "tempo humano", é neste e deste que a sua voz poética se faz glosa e se extasia: "Revisitar os sítios/ do pressentimento:/ quase não ter-te/ o tempo a recolher-se// E não mandar no tempo,/ eu impotente/ a vê-lo recolher-se// Tu quase a já/ não estares/ volume a menos// Revisitar/ a/ tua/ ausência".

Quem ecoa tão naturalmente os paradoxos e espelhismos da pura vivência temporal, com mais vívida emoção atravessa evocações de natais familiares visitando-se e revisitando-se nas nostalgias de Pessoa, trocando a sua incurável irrealidade por cenário de nostalgia em segundo grau: "Ah! os natais de infância/ que não tenho em memória,/ mas em nostalgia/ — através das memórias dos/ outros, das suas melodias:/ os/ natais da minha infância.// [...]// Ah! um natal inocente de ternura/ e figos, amigos e a mesa em/ nostalgia, como as cores/ do presépio./ Um natal inocente e/ de perdão.// [...]// ah! Os natais de infância/ que nem em nostalgia/ me cegam de ternura".

Ana Luísa é uma mestra da desconstrução poética, se por isso se entender que é alguém plenamente consciente do jogo e da ilusão da realidade de cuja glosa é tecida a teia da Modernidade. Mas não o é menos da arte de a tomar a sério, de jogar com ela, de a atravessar e de lhe conferir uma segunda dimensão. E, com ela, uma outra emoção.

No seu novo livro de poemas *Escuro*, colocado sob o signo de dois videntes, S. João da Cruz e William Blake, Ana Luísa revisita uma vez mais a pura memória, a de uma infância onde obscuridade escutada e "a mais pura alegria" se misturam.

De que é feita tão total alegria senão da escuta no limiar do sono de todos os sons familiares como puras revelações? "Ontem à noite e antes de dormir,/ a mais pura alegria// de um céu// no meio do sono a escorregar, solene /a emoção a mais pura alegria/ de um dia entre criança e quase grande// e era na aldeia,/ acordar às seis e meia da manhã,/ os olhos nas portadas de madeira, o som/ que elas faziam ao abrir, as portadas/ num quarto que não era o meu, o cheiro/ ausente em nome// [...]// Mas era estar ali, de pé, e jovem,/ e a morte era tão longe,/ e não havia mortos nem o seu desfile,/ só os vivos, os risos, o cheiro/ a luz [...]".

No pórtico do seu novo livro está presente a visão que sustenta a viagem simbólica e mítica de *Escuro* — magma enigmático de que a chamada História é só a não menos enigmática sequência, como se todos os tempos, os de ontem como os de amanhã, tivessem sido roubados ao Egito, ao mais antigo e ao futuramente pilhado, para enfeitar a nossa memória de violadores ocidentais impenitentes.

Do coração de *Escuro* faz parte uma sintética versão da nossa nova *legenda dos séculos* de interrogantes de uma Esfinge que nunca revelará os seus segredos. Versão para nosso uso caseiro e universal onde as sombras soberanas de Camões e Pessoa se dão forçada e epicamente as mãos.

Aí todos os que conhecem a nossa travessia poética, moderna e pós-moderna, esses poemas onde se recriam algumas das nossas mais profundas criações poéticas oferecerão novas e reconhecidas verberações em nada indignas das já há muito clássicas versões. Toda a grande poesia é natural intertexto e sob ele reconfiguração do mito original a que deu corpo e vida: o de Orfeu. Mas Ana Luísa não se contenta com uma revisitação mimética. A "odisseia" de que dá conta — a nossa como já inscrita na mais vasta, universalizante e predadora, sem esquecer a sua aura poética — integra outra música, espécie de acompanhamento da mão esquerda ocidental, consciente de que a famosa barca da Fé e do Império levava a bordo, com a celestial promessa de novos céus, a mercadoria suspeita da conquista ou escravidão do Outro, o eternamente Outro por diferente ou fraco. Dessa consciência é o poema "A Gênese" suficiente, explícita e generosa expressão: "A cobiça dos poderosos sempre se estendeu,/ como polvo cego, pelo tempo e através de solos vários./ Dela nunca fez parte a luz./ Não será menor do que a cobiça/ a sede dos mais pequenos por moedas,/ maneiras de cobrir o frio que a fome traz./ Juntas — tem-se o escuro/ da alma// Por isso, e juntos, embarcaram./ Os que, já muito possuindo,/ mais posses desejavam,/ e os que, nada guardando, nem sequer a honra/ (pois esta: uma palavra oca no seu mundo),/ sonhavam de noite com um pedaço de terra a que chamar seu,/ riquezas prometidas// [...]". Esse poema podia ser mero eco da mais famosa carta virtual da nossa história com ecos de Las Casas. É apenas um breve memorial poético da aventura ocidental que serve a *Escuro* de roteiro de viagem da nossa memória mitificada, relida agora com os olhos e as exigências éticas de tempos herdados de outros tempos supostamente mais bárbaros. *Escuro* pode — e mesmo deve — ser lido como o roteiro lírico do nosso percurso histórico-mítico, e esfíngico, no Egito iniciado, até a não menos esfíngica e pessoana visão da Europa, onde se suspende.

Pelo caminho, como etapas de um só Sonho — o da Humanidade à procura de porto —, acompanham-nos as sombras do Ulisses iniciático da *Mensagem*, mas também as sublimadas evocações da nossa memória feminina, como no poema dedicado a Isabel de Aragão, a do celebrado milagre das rosas, glosada com suave mas sentida ironia pela autora de *Escuro*: "Era naquele tempo/ o tempo dos dragões,/ mas eu não vi dragões:// Só um homem sozinho,/ firmando paz e versos,/ fazendo das agulhas de pinheiro/ agulhas de mudar o rumo/ aos tempos// E eu estava ali, de lado,/ num tempo de outro tempo,/ e sem saber aonde me encontrava,/ e tudo o que de mim podia/ eram só rosas// [...]// Mas o caminho/ que de mim traçaram/ foi um leito de flores e de virtude,/ e eu estava ao lado,/ o peso das agulhas de pinheiro/ rasgando a minha carne// Venceu-me o tempo/ e o mar que ele inventou// O resto: só perfume,/ o cheiro dos milagres/ apodrecendo sem direito a lume/ que fosse a redimir// Adocicado à luz/ de escuridão —".

Sacralizados ou mitificados pela nossa memória, os destinos femininos que merecem lugar no seu panteão épico, têm uma ressonância e um perfume que os separa dos outros, poeticamente seus pares. Em todos se "fala", mas nestes, além de se falar, diz-se, mormente no consagrado a Filipa de Lencastre, ícone do nosso momento imperial nos seus começos, a famosa mãe do Império, mas aqui sobretudo princesa da nostalgia, de todas as nostalgias.

Intitula-se "Cerimônia" o poema, e se tivesse sentido escolher algum entre os outros, creio que não seria má escolha:

Sagrei-os, aos meus filhos

Fiz o que era esperado de mim,
mas a minha lembrança era do avesso,
para o futuro,
e estava toda nas rosas
que o tempo haveria de trazer,
em forma das guerras do meu país

Dessas guerras me lembro,
mas nunca cheguei a ver a guerra
que a ambição e os sonhos lhes doaram

Sagrei-os na minha mente,
antecipando o gesto de outra
que teria o meu nome.

Nesse dia, de manhã cedo,
era ainda escuro, e no quarto,
mesmo descerradas as cortinas,
quase não entrava a luz

As aias ajudaram-me a vestir, e eu,
como sempre acontecia depois de acordar
e enquanto não chegavam as horas do dever,
lembrei-me do meu pai, do meu país,
dos seus campos muito verdes atravessados
por rebanhos, da chuva do meu país,
tão contínua como as minhas saudades

Quando acabei as recordações
e o choro de silêncio,
chamei-os na minha mente

A todos ofereci prendas.

Ao primeiro dei um cetro
enfeitado de papel e de palavras,
ao segundo, uma espada de aço brilhante,

ao terceiro, o gosto pelo mundo,
e ao último, contei-lhe o caminho
de água verde e espuma alta
por onde eu tinha chegado;
mostrei-lhe o mar,
ao longo das muitas tardes
em que eu própria sonhava
com as margens que havia deixado
para trás

Se pudesse sentar-me novamente
junto àquela janela,
a espada brilhante que dei a esse meu segundo filho
tê-la-ia transformado em arado,
ou em pequena lamparina,
porque, ao dar-lhe a espada,
dei-lhe também o resto de matar e de morrer

Antes lhe tivesse dito, vezes sem conta,
como é belo o mundo
e poder falar dentro dele.
Ou antes lhe tivesse mostrado só o mar,
como fiz com esse filho
junto de quem me cansava
das saudades da minha terra

Uma prenda, porém,
me é boa na memória:
a do papel e das palavras.
Dispensaria o cetro,
mas era ele que segurava palavras e papel

Dessa prenda não me arrependo,
e quase me regozijo um pouco
por aquilo que fiz nessa manhã fria e escura,
em que os chamei aos quatro
para junto da minha mente
e do meu coração

Mas o que fizeram de mim,
naquele dia há tantos anos, quando, quase menina,
me ajudaram a subir para o bote
e depois para o navio
que me haveria de levar a uma terra
que eu não conhecia,
a uma língua que não era a minha língua?

Onde ficaram as minhas tardes
molhadas de chuva?
E a memória que de mim ficou,

    porque não fala ela dos meus campos verdes
    e das sombras dos rebanhos que os atravessavam?

    Porque me nega essa memória
    as rosas que, em futuro,
    e ditas como guerra,
    haveriam de dizimar tanta da minha gente?

    Por que outra noite trocaram
    o meu escuro?

Podia fechar aqui esta viagem no coração de uma poesia que faz do tempo e dos tempos o seu labirinto sem outra saída que a de um regresso da memória a uma infância para sempre perdida e imortal na lembrança. Mas seria injusto para os outros poemas, onde os mais caros mitos do imaginário português — o de Inês, o de Pedro, o do Adamastor ou o do inesgotável drama em gente de uma mensagem mais futurante ainda que a de Pessoa, tão enigmática como a dele — recuperam e atravessam a pura noite de Pessoa.

A sua, feita de tempos que nunca sobre si mesmos se fecham, encontra no absoluto da paixão, com abandono e perda glorificada, a sua música mais rente ao silêncio, a da obscuridade da alma convertida como a de Mariana no cântico dos cânticos de todas as seduzidas e abandonadas. Chama-se "A carta", dirigida ao que lhe foi tudo e ninguém, pura chama de amor por Stendhal lembrada como a mais alta forma de paixão:

    Senhores:
    hão de a dor e a ausência ter sabor,
    um certo cheiro doce e demorado,
    em forma de mil olhos

    Pois vós olhastes essa minha ausência,
    dissestes que dali criei palavras,
    mas não por minha mão

    Na vossa história, senhores,
    eu fui só voz,
    em vez de gente inteira

    Inteira, nunca o fui,
    dobrada ao meio pelo escuro das vestes,
    pelas juras forçadas que cumpri,
    pelo dever que me ditou meu pai

Porém, fui eu que as fiz, às letras dessas cartas,
eu, que as fui construindo devagar,
na escuridão da cela

[...]

Não fui só voz:
fui eu, dona de mim,
porque as letras me foram, e o amor,
e o ódio vagaroso

Só para isso me valeu viver,
para compor, igual a sinfonia,
tudo o que considerei

Ele foi só palavras que em palavras forjei,
bigorna onde moldei espadas e lanças,
o lume necessário

Só não moldei
as grades da prisão onde vivi:
essas, moldastes vós
até incandescência

Mas eu, nas letras que compus,
eu inventei a ausência como mais ninguém.
Eu fui a mão da ausência
numa cela escura

E os atos dele foram-me as metáforas,
imagens a seguir-me, mais fortes
do que a vida.
Por isso me chamastes, senhores,
no vosso tempo, uma palavra nova e ágil:
literatura

E assim eu fui-vos voz,
e doce mito. E nada mais
vos fui

Quero dizer-vos hoje,
neste tempo tão escuro,
mas de um escuro diverso do que tive:
adeus

Deixai-me o escuro, o meu.
Porque ao lado da minha,
a vossa ausência, essa que em mim plantastes,
nada é.
Tomáreis vós saber o que é ausência

> Ausência: eu: demorada nestas linhas.
> Dizer com quanto escuro
> a noite se desfaz
> e se constrói —

Desta ausência Ana Luísa fez não uma luminosa habitação, mas uma espécie de esplendor, não como aquele com que Rilke dourou a Morte, mas pura saudade intérmina da Vida. Bem haja.

SOBRE A AUTORA

ANA LUÍSA AMARAL nasceu em Lisboa em 1956, e vive, desde os nove anos, em Leça da Palmeira. É professora associada na Faculdade de Letras do Porto e integra a direção do Instituto de Literatura Comparada Margarida Losa. Suas áreas de investigação são Poéticas Comparadas, Estudos Feministas e Teoria *Queer*. É autora, com Ana Gabriela Macedo, do *Dicionário de crítica feminista* (Porto, Afrontamento, 2005), e colabora com revistas e antologias de poesia, nacionais e estrangeiras. Coordenou a edição anotada de *Novas cartas portuguesas* (Lisboa, Dom Quixote, 2010), e organizou, com Marinela Freitas, os livros *Novas cartas portuguesas 40 anos depois* (Lisboa, Dom Quixote, 2014) e *New Portuguese Letters to the World* (Oxford, Peter Lang, 2015). Tem em preparação dois livros de ensaios.

Sua obra tem sido editada em vários países, como França, Brasil, Itália, Suécia, Holanda, Venezuela, Espanha e Colômbia, e algumas delas foram levadas à cena, em espetáculos teatrais e leituras dramáticas, como *O olhar diagonal das coisas*, *A história da Aranha Leopoldina*, *Próspero morreu* ou *Amor aos pedaços*.

Em 2007 ganhou o Prêmio Literário Casino da Póvoa/Correntes d'Escritas, com o livro *A gênese do amor*, também selecionado para o Prêmio Portugal Telecom. No mesmo ano, recebeu o prêmio de poesia Giuseppe Acerbi, na Itália. Em 2008, com *Entre dois rios e outras noites*, obteve o Grande Prêmio de Poesia da Associação Portuguesa de Escritores e, em 2012, com *Vozes*, ganhou o Prêmio de Poesia António Gedeão, sendo ainda finalista do Prêmio Portugal Telecom. Em 2014, recebeu o Prêmio PEN de Narrativa pelo seu romance *Ara*.

POESIA
- *Minha senhora de quê*, Coimbra, Fora do Texto, 1990 (reed. Lisboa, Quetzal, 1999)
- *Coisas de partir*, Coimbra, Fora do Texto, 1993 (reed. Lisboa, Gótica, 2001)
- *Epopeias*, Coimbra, Fora do Texto, 1994
- *E muitos os caminhos*, Porto, Poetas de Letras, 1995
- *Às vezes o paraíso*, Lisboa, Quetzal, 1998 (reed. 2000)
- *Imagens*, Porto, Campo das Letras, 2000
- *Imagias*, Lisboa, Gótica, 2002
- *A arte de ser tigre*, Lisboa, Gótica, 2003
- *A gênese do amor*, Porto, Campo das Letras, 2005
- *Poesia reunida (1990-2005)*, Famalicão, Quási, 2005
- *Entre dois rios e outras noites*, Porto, Campo das Letras, 2007
- *Se fosse um intervalo*, Lisboa, Dom Quixote, 2009
- *Inversos, Poesia 1990-2010*, Lisboa, Dom Quixote, 2010
- *Vozes*, Lisboa, Dom Quixote, Lisboa, 2011
- *Escuro*, Lisboa, Assírio & Alvim, 2014
- *E todavia*, Lisboa, Assírio & Alvim, 2015

TEATRO/POESIA
- *Próspero morreu*, Lisboa, Caminho, 2011

FICÇÃO
- *Ara*, Lisboa, Sextante, 2013

LITERATURA INFANTIL
- *Gaspar, o dedo diferente e outras histórias*, Ilust. Elsa Navarro, Porto, Campo das Letras, 1999
- *A história da Aranha Leopoldina*, Ilust. Elsa Navarro, Porto, Campo das Letras, 2000 (ed. revista e ampliada, com CD, Porto, Civilização, 2010)
- *A relíquia*, a partir do romance de Eça de Queirós, Famalicão, Quasi, 2008
- *Auto de Mofina Mendes*, a partir da peça de Gil Vicente, Famalicão, Quasi, 2008
- *Gaspar, o dedo diferente*, Ilust. Abigail Ascenso, ed. revista, Porto, Civilização, 2011
- *A tempestade*, Ilust. Marta Madureira, Famalicão ,Quidnovi, 2011 (Plano Nacional de Leitura)
- *Como tu*, Ilust. Elsa Navarro (com CD, música de António Pinho Vargas, piano de Álvaro Teixeira Lopes, vozes de Pedro Lamares, Rute Pimenta e Ana Luísa Amaral), Famalicão, Quidnovi, 2012 (Plano Nacional de Leitura)

TRADUÇÕES
- *Mar meu/My Sea of Timor* (poemas de Xanana Gusmão), cotrad. Kristy Sword, Porto, Granito, 1998
- *Eunice de Souza: poemas escolhidos*, Lisboa, Cotovia, 2001
- *Ponto último e outros poemas* (poesia de John Updike), Porto, Civilização, 2009
- *Emily Dickinson, cem poemas*, com posfácio e anexos, Lisboa, Relógio D'Água, 2010
- *Emily Dickinson, duzentos poemas*, com prefácio e anexos, Lisboa, Relógio D'Água, 2014
- *Carol*, de Patricia Highsmith, Lisboa, Relógio D'Água, 2015
- *30 sonetos de Shakespeare*, Lisboa, Relógio D'Água (no prelo).

CADASTRO
ILUMI/URAS

Para receber informações sobre nossos lançamentos e promoções, envie e-mail para:

cadastro@iluminuras.com.br

Este livro foi composto em *Legacy Serif* e *Trajan* pela *Iluminuras* e terminou de ser impresso em setembro de 2015, em São Paulo, SP, em papel off-white, 90g.